ISBN 2.217.26014.6
© Gautier-Languereau, 1987
Dépôt légal : mars 1987 - N° d'Éditeur : 5431
Imprimé en Italie

ILLUSTRATIONS DE MYRIAM DERU
HISTOIRE DE PAULE ALEN

Premier Jour d'École

First Day of School

gautier-languereau

Ce livre, bilingue, raconte le premier jour d'école d'un renardeau. C'est le second titre d'une série conçue pour permettre aux jeunes enfants de jouer avec les mots d'une autre langue et de se familiariser avec elle. Les phrases courtes, imprimées en deux colonnes, l'une en français, l'autre en anglais, sont placées sous une grande illustration. Les mêmes mots dans les deux langues se retrouvent ligne à ligne. En vis-à-vis, sur la page de gauche, un lexique en images donne la traduction des mots essentiels évoqués dans le dessin.

De présentation attrayante, ce livre donnera envie d'en savoir davantage aux enfants qui apprennent à lire.

L'EDITEUR

Here is an amusing bilingual story of a little fox cub. This picture book is the second title in a series specially conceived so that young children can play with words of another language thereby becoming familiar with them. The short easy-to-read sentences printed in separate columns, one in French, the other in English, are placed under a large illustration. The same words in both languages appear opposite one another on the same level. On the left hand page is a series of small images reproducing subjects to be found in the illustration with the corresponding words in both languages.

Attractively presented, this book appeals to the young child learning to read.

THE PUBLISHER

7

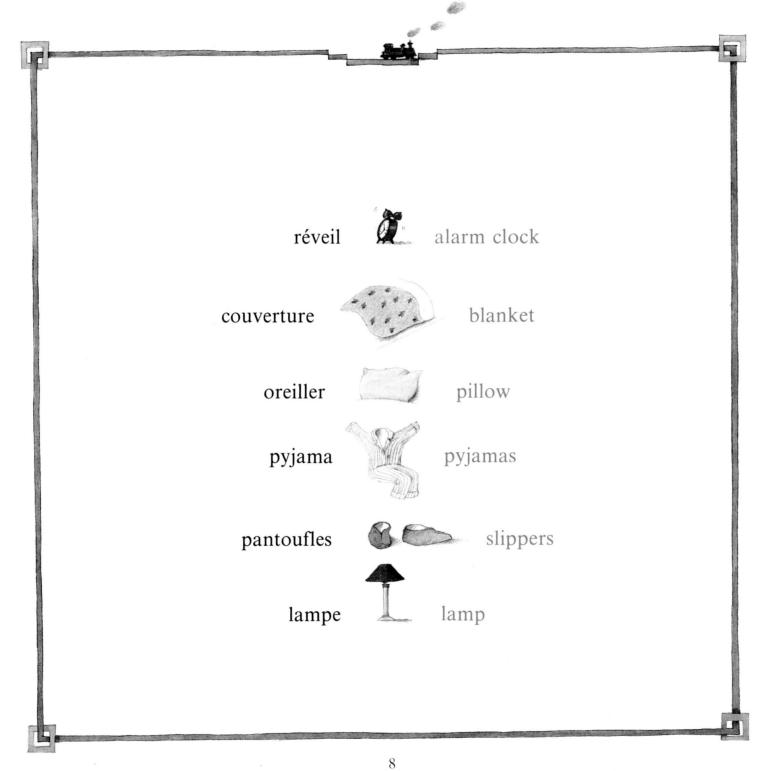

réveil		alarm clock
couverture		blanket
oreiller		pillow
pyjama		pyjamas
pantoufles		slippers
lampe		lamp

Renaud est un petit renardeau.
Il va à l'école aujourd'hui
pour la première fois.
— Renaud, lève-toi vite !
Il faut te laver et t'habiller.
— Tout de suite, maman.

Renaud is a little fox cub.
He is going to school today
for the first time.
— Renaud, get up quickly !
You must wash and dress yourself.
— At once, mother.

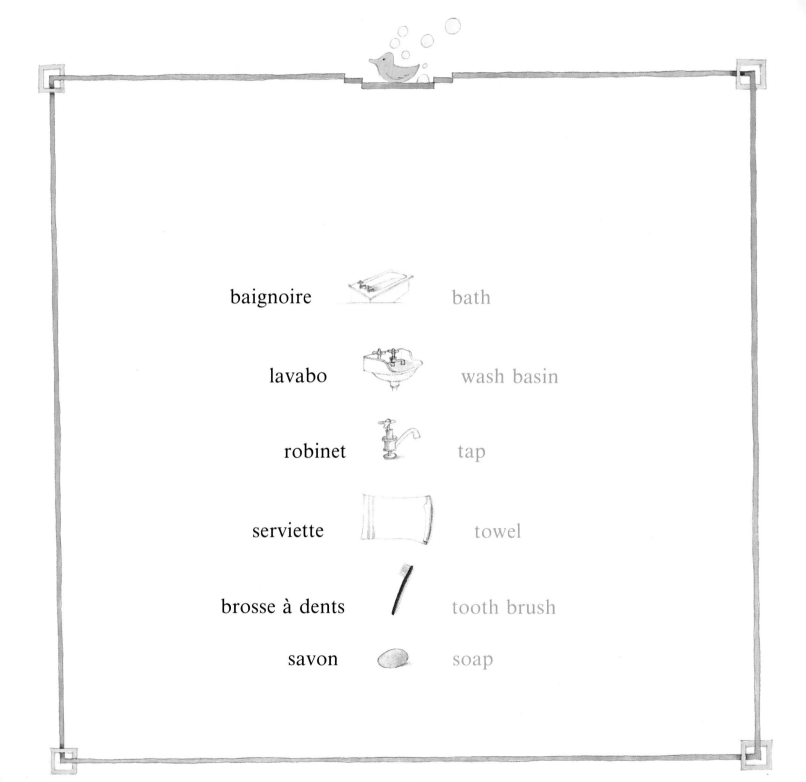

baignoire		bath
lavabo		wash basin
robinet		tap
serviette		towel
brosse à dents		tooth brush
savon		soap

Renaud se lave dans la
salle de bains. Le savon pique !
Vite, il s'essuie avec
une serviette.
— Dépêche-toi, Renaud.
— Je suis prêt, maman.

Renaud washes himself in the
bathroom. The soap smarts !
Quickly, he dries himself with
a towel.
— Hurry-up, Renaud.
— I am ready, mother.

assiette   plate

tasse   cup

œufs sur le plat   fried eggs

théière   teapot

cartable   school bag

confiture   jam

C'est l'heure du petit déjeuner.
Renaud boit une tasse de
chocolat chaud.
Il mange un œuf et du pain avec
du beurre et de la confiture.
Sa maman prépare son cartable
sans oublier le goûter.

It's time for breakfast.
Renaud drinks a cup of
hot chocolate.
He eats an egg and bread with
butter and jam.
His mother prepares his school bag
without forgetting a snack.

église church

réverbère lamp-post

facteur postman

bicyclette bicycle

magasin shop

palissade wooden fence

— Allons à l'école à bicyclette,
dit sa maman.
Ils traversent le village.
— Bonjour, monsieur le facteur !
Que c'est amusant d'être perché
sur le siège derrière maman !

— Let's go to school by bicycle,
says his mother.
They go through the village.
— Good morning, Mr. Postman !
What fun to be perched
on the seat behind mother !

15

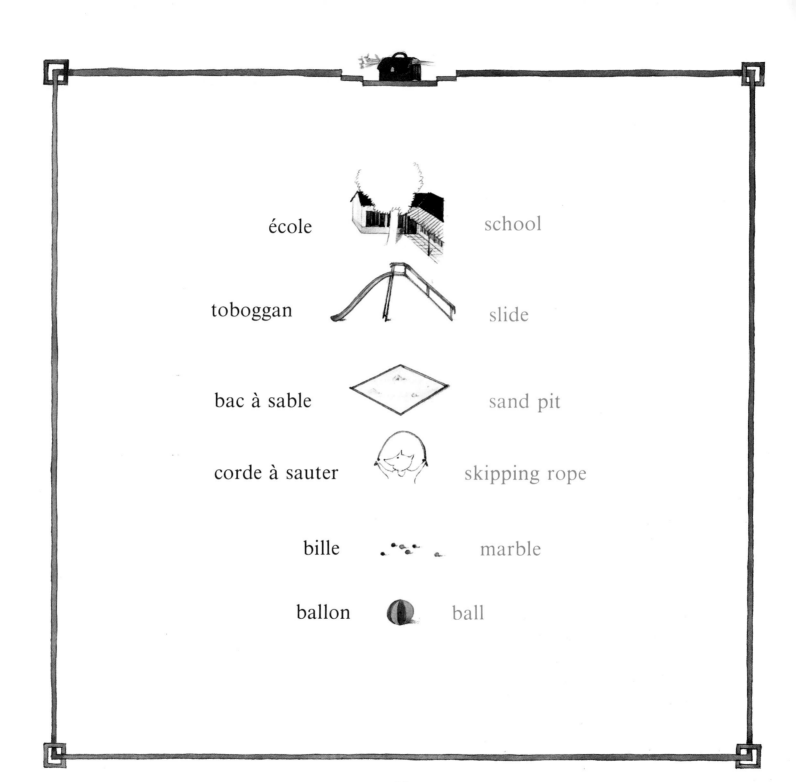

école		school
toboggan		slide
bac à sable		sand pit
corde à sauter		skipping rope
bille		marble
ballon		ball

Ils arrivent devant une grande grille.
Renaud a un peu peur.
Il veut rester avec sa maman.
Heureusement, il trouve vite
de nouveaux amis.
— Jouons à la balle, Renaud.
Viens !

They arrive in front of a large gate.
Renaud is a little afraid.
He wants to stay with his mother.
Luckily, he quickly finds
new friends.
— Let's play ball, Renaud.
Come on !

tableau blackboard

craie chalk

pupitre desk

crayons pencils

cahier note-book

taille-crayon pencil sharpener

La cloche sonne. C'est l'heure.
Dans la classe, Renaud choisit
un bureau au premier rang.
La salle est grande et décorée
avec des dessins.
Renaud aime bien la maîtresse,
Isabelle.

The bell rings. It's time.
In the classroom, Renaud chooses
a desk in the first row.
The room is big and decorated
with drawings.
Renaud likes his teacher,
Isabelle.

poule hen

poussin baby chick

ver de terre  earthworm

graines seeds

oiseaux  birds

coq cock

— Première leçon : la poule
et son environnement.
Renaud est très content.
Il regarde les images.
Mais il rêve et
n'écoute pas la leçon.
Il voudrait voir une vraie poule.

— First lesson : the hen
and her environment.
Renaud is very pleased.
He looks at the pictures.
But he day-dreams and
doesn't listen to the lesson.
He wants to see a real hen.

grenouille 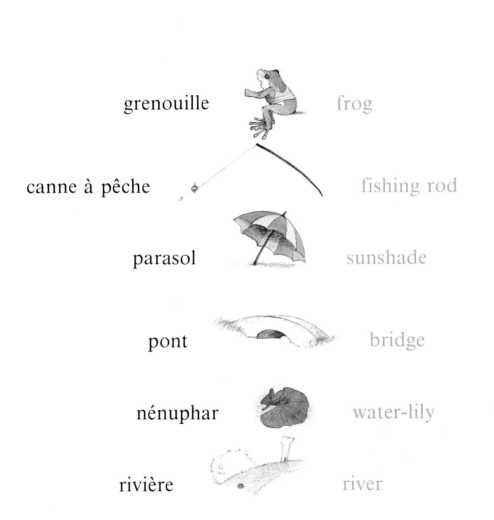 frog

canne à pêche · fishing rod

parasol · sunshade

pont · bridge

nénuphar · water-lily

rivière · river

Mademoiselle Isabelle explique
comment attraper les poules.
Renaud ne comprend pas que
c'est pour les manger.
Après l'école, Renaud décide
de trouver une poule.
— Ce sera mon amie.

Miss Isabelle explains
how to catch hens.
Renaud doesn't understand that
it is to eat them.
After school, Renaud decides
to find a hen.
— She will be my friend !

ferme		farm
cochon		pig
échelle		ladder
banc		bench
pommier		apple tree
oie		goose

Gertrude, une charmante poulette, invite Renaud pour le thé.
— J'aime l'école, dit Renaud.
— Je voudrais bien y aller aussi, dit Gertrude.
— Demain matin, je viendrai te chercher.

Gertrude, a charming young hen, invites Renaud for tea.
— I like school, says Renaud.
— I would like to go too, says Gertrude.
— Tomorrow morning, I will come to fetch you.

dessin drawing

portemanteau  coat hooks

bonnet cap

géranium geranium

rideau curtain

patins à roulettes roller skates

Le lendemain, Gertrude
va à l'école avec Renaud.
La cloche a sonné.
— La maîtresse va se fâcher !
— Mademoiselle Isabelle, c'est
Gertrude, ma nouvelle amie.

The next day, Gertrude
goes to school with Renaud.
The bell has rung.
— The teacher will be angry !
— Miss Isabelle, this is
Gertrude, my new friend.

amitié | friendship

Les renardeaux crient joyeusement.
— Viens, Gertrude.
Vive Gertrude !
Ils n'ont pas compris la leçon
d'hier non plus.
Mademoiselle Isabelle est étonnée.
— Changeons de leçon, dit-elle.
Aujourd'hui, nous apprendrons
l'amitié.

The fox cubs cry out happily.
— Come in, Gertrude.
Three cheers for Gertrude !
They haven't understood the lesson
of yesterday either.
Miss Isabelle is astonished.
— Let's change lessons, she says.
Today, we will learn about
friendship.